AF326117

Vente des Vendredi 1er & Samedi 2 Février 1895

HOTEL DROUOT, SALLE No 6

A DEUX HEURES 1/4

BELLES TAPISSERIES

DE

BRUXELLES & D'AUBUSSON

Tapis anciens d'Orient

TABLEAUX & AQUARELLES MODERNES

Portrait de TRINQUESSE par lui-même

OBJETS D'ART

de Curiosité et d'Ameublement

SCULPTURES

RICHES BIJOUX -- ARGENTERIE

Mᵉ G. DUCHESNE | **M. A. BLOCHE**

COMMISSAIRE-PRISEUR | EXPERT PRÈS LA COUR D'APPEL

6, Rue de Hanovre, 6 | 28, Rue de Châteaudun

EXPOSITION PUBLIQUE

LE JEUDI 31 JANVIER 1895

DE 2 HEURES A 6 HEURES

IMPRIMERIE ARTISTIQUE

E. MÉNARD & C"

Bureaux et Ateliers: PARIS — 8, RUE MILTON

CATALOGUE

DE

BELLES TAPISSERIES

de *BRUXELLES* & d'*AUBUSSON*

COMPOSITIONS D'APRÈS HUET

TABLEAUX & AQUARELLES MODERNES

Parmi lesquels des œuvres de Zacharie Astruc, Beauverie,
J. L. Brown, Céramano, O. de Champeaux,
d'Alheim, Delpy, Diaz, Feyen-Perrin, Japy, La Rochenoire,
Lavieille, Lazerges, J.-F. Millet, Monginot,
Munckasi, Nozal, Petitjean, Raffaëli, Ribot, Richet, Vuillefroy.

BEAU PORTRAIT DE TRINQUESSE PAR LUI-MÊME

Sculptures et Peintures du XVᵉ Siècle

Objets d'Art & d'Ameublement

Européens et de l'Extrême-Orient

MARBRES, BRONZES, CÉRAMIQUE

RICHES BIJOUX — ARGENTERIE

Tapis anciens d'Orient, Costumes Mexicains

MEUBLES SCULPTÉS ET INCRUSTÉS

DONT LA VENTE AURA LIEU

Les Vendredi 1ᵉʳ et Samedi 2 Février 1895

HOTEL DROUOT, SALLE Nᵒ 6

A DEUX HEURES UN QUART

Mᵉ **G. DUCHESNE**	**M. A. BLOCHE**
COMMISSAIRE-PRISEUR	EXPERT PRÈS LA COUR D'APPEL
6, Rue de Hanovre, 6	28, Rue de Châteaudun

EXPOSITION PUBLIQUE

LE JEUDI 31 JANVIER 1895

DE 2 HEURES A 6 HEURES

CONDITIONS DE LA VENTE

La vente sera faite *expressément* au comptant.

Les acquéreurs payeront en sus des adjudications *cinq pour cent*.

L'exposition mettant le public à même de se rendre compte de l'état des objets, il ne sera admis aucune réclamation une fois l'adjudication prononcée.

Paris. — Imp. E. Ménard & Cie, 8, rue Milton.

TABLEAUX

AQUARELLES

ARDEN (H.)

1 - *Voilier en mer.*

ASTRUC (Zacharie)

2 — *Cour de ferme.*
　　　Aquarelle.
　　　Signée.

BEAUVERIE

3 — *Cours d'eau, paysage.*

BOURGOIN (D.)

4 — *Vases avec bouquets de chrysanthèmes.*
Aquarelle.

BROWN (John Lewis)

5 — *Cavaliers et amazones.*
Signé à droite 1885.

BUREAU

6 — *Intérieur de ferme.*
Signé.

CARL-ROSA

7 — *Bords de la Seine.*

CÉRAMANO

8 — *Bergère conduisant son troupeau dans la forêt de Fontainebleau.*
Signé à droite et daté 1881. Beau tableau.

9 — *Vaches à l'abreuvoir sous une futaie.*

Signé à droite et daté 1881. Bon tableau.

10 — *Moutons dans la bergerie.*

CHAMPEAUX (O. DE)

11 — *Femmes faisant sécher du linge.*

Signé.

CLARY

12 — *La visite au potager.*

Aquarelle.

COLIN (A.)

13 — *Chef turc et son esclave.*

Signé.

D'ALHEIM

14 — *La danseuse de corde.*

Composition de nombreuses figures sur une place de vieille ville. Signé.

D'ALHEIM

15 — *Un coin de Villefranche.*

16 — *Port d'Antibes.*
Signé à gauche.

17 — *Villefranche.*
Signé.

DELPY (H.)

18 — *Chariot dans la neige.*
Signé.

DIAZ

19 — *Sous bois.*
Étude.

FEYEN-PERRIN

20 — *Les Cancalaises.*
Signé.

GAUTIER (A.)

21 — *La religieuse.*

GRIGNEAN

22 — *Le retour des champs.*
Signé.

GROISELLIEZ

23 — *Canal de l'Oise.*

GUILLEMINOT

24 — *Arabe et son cheval.*
Signé.

HÉREAU (Jules)

25 — *Vaches au paturage.*
Signé.

HUGARD (C.)

26 — *Troupeau de moutons pendant l'orage.*

27 — *Maison au bord d'une mare.*

Signé à gauche.

JAPY

28 — *Moutons broutant.*

Signé.

J. P.

29 — *Cavalier.*

Dessin.

LANÇON

30 — *Lionne.*

Signé.

LANGRET (P.)

31 — *Courses de taureaux.*

LAROCHENOIRE

32 — *Vaches à l'abreuvoir.*

Signé à gauche.

LAVIEILLE (Eug.)

28 - 33 — *Village au bord d'un lac en Espagne.*

LAZERGES (Hte)

60 - 34 — *Femmes d'Alger.*

Signé.

LAZERGES (Paul)

40 - 35 — *Personnages d'Orient.*

Signé à gauche.

LE PIC

13 - 36 — *La Baie de la Somme.*

Signé.

MILLET (J.-F)

71 - 37 — *Les Glaneuses.*

Dessin.
Signé.

MONGINOT (C.)

38 — *Les singes cuisiniers.*

Signé à gauche.

MOULLION

39 — *Plage à marée basse.*

Signé et daté 1882.

MUNCKASI (M. DE)

40 — *Vase de fleurs.*

Signé.

NOZAL (A.)

41 — *Village de Garches.*

PETITJEAN (E.)

42 — *Montée de village avec cours d'eau.*

Signé.

PINEL (G.)

43 — *Une rue de Tunis.*

POINTELIN (Aug.)

44 — *Paysage.*
Signé.

PRIOS (Pierre)

45 — *Paysan dans les blés.*

46 — *Sous bois.*
Étude.

PRIVAT (G.)

47 — *Promenade au bord du lac.*
Signé.

RAFFAELI (H.)

48 — *La Parade.*

Les musiciens forains sur leur estrade dans des accoutrements des plus bizarres. Œuvre intéressante.

Signé à gauche.

RIBOT (Th.)

49 — *Clercs du XIVe siècle.*

Signé.

RIBOT (P.)

50 — *Figues.*

Signé à gauche.

RICHET

51 — *Champ de blé.*

Signé.

SÉGÉ

52 — *Paysage.*

Signé.

TABAR (L.)

30. 53 — *La Bataille dans le cimetière de Solférino.*
Signé.

TOCHÉ (Charles)

36. 54 — *Tête de chef nègre enguirlandée de fleurs.*
Aquarelle. Signé.

TRINQUESSE

55 — *Portrait du peintre par lui-même.*
Très beau tableau, touche des plus vigoureuses.

VUILLEFROY

56 — *La Bûcheronne.*
Signé.

ÉCOLE DU XVe SIÈCLE

80 57 — *Chevalier en armure.*
Peinture sur fond d'or. Haut. 1m,70.

58 — Pendant du précédent.

ÉCOLE DU XVe SIÈCLE

59 — *L'adoration des rois mages.* Importante composition.

Peinture sur bois.

60 — Tableaux non catalogués.

SCULPTURES ANCIENNES

61 — Statuette de personnage en bois sculpté. Travail du xve siècle.

62 — Statuette de personnage en adoration. Bois sculpté du xve siècle.

63 — Statuette en bois sculpté. *Femme en costume du* xvie *siècle.*

64 — Groupe en bois sculpté représentant le *Christ descendu de la croix.* Fin du xve siècle.

65 — Groupe en bois sculpté : *La Vierge et Sainte-Anne.*

66 — Statuette en bois sculpté : *Sainte-Anne*, xve siècle.

67 — Statuette de femme en bois sculpté, xvie siècle.

68 — Statuette en bois sculpté : *Le Christ portant sa croix*, xve siècle.

69 — Statuette de Vierge en marbre sculpté et peint, xvie siècle.

70 — Statuette en pierre : *La Vierge assise*, xive siècle.

71 — Statuette en bois sculpté représentant :
Un Chevalier, xvie siècle.

72 — Frise gothique en bois sculpté.

73 — Statuette du xve siècle en bois sculpté.

74 — Statuette équestre de Saint-Martin. Bois
sculpté et peint.

SCULPTURES MODERNES

75 — Marbre blanc : Buste d'*Auguste jeune*,
d'après l'antique.

H. 0^m54.

76 — Marbre blanc : Buste de *Marie-Antoi-
nette*, d'après LECOMTE.

H. 0^m85.

77 — Marbre blanc : Buste de *Diane*, d'après
Houdon.

> H. 0ᵐ5o.

78 — Marbre blanc : Statuette de *Vénus de
Milo*, d'après l'antique.

> H. 0ᵐ9o.

79 — Marbre blanc : Statuette de *Psyché au vase*,
d'après Canova.

> H. 0ᵐ8o.

80 — Marbre blanc : *Buste de Madame Du
Barry*, d'après Pajou.

> H. 0ᵐ4o.

81 — Marbre blanc : *Coquette*, buste, œuvre de
H. Moreau.

> H. 0ᵐ64.

82 — Marbre blanc : *Protection*, groupe, œuvre
de H. Moreau.

> H. 0ᵐ75.

83 — Marbre blanc : Buste de *Bacchant*.

84 — Marbre blanc : Buste de *Diane*, d'après HOUDON.

TAPISSERIES

85 — Très grande et belle tapisserie de Bruxelles représentant un paysage boisé et accidenté des plus souriants, animé d'aigles poursuivant des lièvres, d'autres animaux fuyant, avec superbe et large bordure à figures d'enfants debout, chutes de fruits, médaillons à paysages et groupes de chérubins.

86 — Suite de quatre tapisseries en d'Aubusson du xviiie siècle représentant des scènes à petits personnages, d'après HUET, telles que : *La Balançoire, la Conversation champêtre, le Chasseur et la Bergère, le Joueur de cornemuse.*

87 — Grande tapisserie d'Aubusson du xviiie siècle représentant : la *Collation champêtre*,
d'après Huet, avec bordure à encadrement.

88 — Tapisserie d'Aubusson du xviiie siècle à
scène champêtre, petits personnages, d'après
Huet, avec sa bordure.

89 — Jolie tapisserie d'Aubusson de l'époque
Louis XV. Paysage, avec riche bordure.

OBJETS D'ART ET D'AMEUBLEMENT

90 — Canapé Louis XV, bois laqué blanc, recou-
vert de damas rouge.

91 — Petite table Louis XV en marqueterie de
bois de couleur.

92 — Petit bureau de dame en marqueterie
Louis XV.

93 — Psyché Louis XVI en acajou, ornée de
cuivre.

94 — Deux pots en faïence ancienne, décor bleu
à mascarons.

95 — Carabine de précision à double détente
(Suisse.)

96 — Paire de grands et beaux chenêts en bronze
poli, représentant des enfants sur des dauphins,
style Louis XIV.

97 — Beau meuble formant étagère en bois des
Iles sculpté, décoré de personnages en appli-
cation d'ivoire et en laque. Travail dans le
goût japonais.

98 — Table en bois noir des Iles sculpté à jour,
orné de bronzes et d'incrustations, croisillon
avec réserve à tiroir, dans le goût chinois.

99 — Canapé et deux fauteuils en bois sculpté
dit moucharabie, couverts en soierie.

100 — Lampe de parquet, style japonais nickelé.

101-102 — Deux Jardinières en cuivre repoussé d'Orient, décor à légendes et animaux.

103 — Miroir biseauté, cadre incrusté d'Orient.

104 — Table en bois sculpté dit Moucharabie.

105 — Selle avec harnachement ancien d'Orient brodé en haut relief sur fond de velours rouge.

106 — Veilleuse en cuivre gravé et repercé d'Orient.

107 — Grand lampadaire en cuivre repercé d'Orient.

108 — Statuette en bronze : *La faneuse* d'AIZELIN.

109 — Groupe en bronze de MATHURIN MOREAU.

110 — Figurine en biscuit.

111 — Paire de bras d'applique en bronze doré, style Louis XVI.

112 — Miniature, portrait de femme Louis XVI.

113 — Grande miniature sur ivoire *Marie-Antoi-nette et Madame Royale dans le parc de Versailles*.

Cadre doré à fronton.

114 — Miniature sur ivoire : *Portrait de princesse tenant des fleurs*.

115 — Miniature carrée sur ivoire : *Grande dame Louis XV*, cheveux poudrés, robe rose et manteau vert.

Cadre en bronze doré à fronton.

116 — Miniature : *Portrait de grande dame*, coiffée d'un chapeau à plumes roses.

117 — Miniature : *Portrait de princesse* avec manteau bleu fleurdelysé bordé d'her nine.

Cadre ovale en bronze doré.

118 — Bonbonnière ornée d'une miniature : *Portrait de grande dame.*

119 — Gouache du xviiie siècle.

Cadre en bois sculpté.

120 — Miniature : *Portrait de Mme de Pompadour*, d'après LATOUR.

121 — Miniature : *Le Messager fidèle*, d'après FRAGONARD.

122 — Miniature sur ivoire, sujet galant.

123 — Étui à or avec miniature.

124 — Glace de poche ivoire avec miniature.

125 — Bonbonnière ivoire avec miniature.

126 — Tabatière écaille, ornée d'une miniature.

127 — Paire de vases à anses en cloisonné du Japon, décor polychrome, dessin à ornements.

128 — Paire de vases en cloisonné du Japon, décor médaillons de fleurs.

129 — Brûle-parfums en bronze ancien à jour.

130 — Deux porte-bouquets en bronze noir du Japon, formés par deux poissons sur socles.

131 — Aigle aux ailes déployées se tenant sur un arbre, le tout en bronze ciselé.

132-133 — Deux jardinières en bronze patine claire du Japon.

134 — Théière en fonte décor feuille de vigne en relief, anse en cuivre.

135 — Flambeau en ancien bronze à jour du Japon.

136 — Paire de petits vases contenant deux bouquets de fleurs en bronze.

137 — Grande coupe aquarium en ancien bronze vert du Japon.

138-142 — Huit vases en métal représentant des personnages et des paysages japonais.

143 — Deux vases formés de trois poissons en porcelaine polychrome.

144 — Brûle-parfums en bronze patine claire, anses à chimères ailées, couvercle à jour surmonté d'un personnage tenant un éventail et un marteau.

145 — Deux cornets en bronze gravé, décor feuilles de vignes.

146 — Deux socles en bois de fer de Chine ronds et bas, dessus en marbre rouge.

147 — Koro en bronze forme boule, sur pied formée par une chimère, orné de médaillons, couvercle surmonté d'un aigle.

148 — Deux socles carrés et hauts en porcelaine du Japon, décor marguerites en relief.

149 — Jardinière en porcelaine du Japon, décor fleurs en bleu sur blanc, sur socle en bois.

150 — Jardinière en porcelaine, décor médaillons de fleurs et lanternes vénitiennes sur socle en bambou.

151 — Jardinière de Kaga, décor paons, fleurs et feuilles de roses, monture bronze.

152 — Environ dix pièces, coupes et personnages en faïence ancienne.

153 — Paire de vases de Kutani formés par des groupes de personnages.

154-160 — Lot de quatorze pièces Kutani, femmes, guerriers, animaux, décors divers.

161-164 — Six vases en porcelaine de Kutani, décor à paysages et personnages.

165 — Deux vases en bronze du Japon, anses formées par des têtes d'éléphants.

166 — Deux vases en bronze noir du Japon à oiseaux et branchages.

167 — Deux jardinières en bronze gravé patine claire à oiseaux chimériques, sur socles en bois.

168-175 — Dix-sept pièces en bronze ancien : vases, koros et flambeaux.

176-178 — Trois bouddhas en bois sculpté.

179 — Deux potiches en porcelaine de Chine, fond jaune, décor à personnages et paysages.

180 — Miroir sculpté.

181 — Lampe d'église ancienne.

COSTUMES

182 — Beau costume mexicain en peau de daim.

183 — Quatre chapeaux et coiffures mexicains.

184 — Cinq couvertures rouges mexicaines.

185 — Six pantalons et vestons mexicains.

186 — Sept corsages fond blanc à fleurs Louis XV.

187 — Huit corsages fond vert à fleurs Louis XV.

188 — Neuf corsages, fond bleu Louis XV.

189 — Dix bonnets hollandais blanc et or.

190 — Deux ceintures en cuir brodé.

191 — Peau de panthère.

TAPIS D'ORIENT

192 — Très beau et grand tapis ancien de Khiva, fond rouge, dessin bleu et jaune, tissus à reflets, haute laine fine.

193-196 — Quatre tapis de prière anciens d'Orient brodés sur fonds de diverses nuances.

197 — Tapis persan ancien, fond gros bleu à rosaces, bordures bleu clair et rose.

198 — Tapis ancien de Bergmes, fond rouge à dessin et bordure polychrome.

199 — Tapis ancien d'Orient, haute laine à reflets, polychrome.

200 — Tapis ancien d'Orient, dessin disposé par carrés.

201 — Tapis de prière ancien de Perse, fond rouge, bordure à rosaces, polychrome.

202 — Tapis de prière ancien, dessin polychrome.

203 — Deux anciennes portières du Thibet, fond rouge, dessin à chimères.

204 — Deux portières brodées d'Orient de Djid-jim.

205 — Grand et beau tapis d'Orient à dessin polychrome.

BIJOUX, ARGENTERIE

206 — Diadème-aigrette surmonté de deux étoiles flexibles en brillants.

207 — Broche forme nœud en brillants avec saphir monté à griffes en pandeloque.

208 — Collier d'un rang de perles blanches avec entre-deux en saphirs blancs à rondelles, fermoir saphir entouré de brillants.

209 — Bracelet chaîne en or enrichi de brillants, perle rose, perle grise, d'émeraudes et de saphirs cabochons.

210 — Paire de boucles d'oreilles perles solitaires, montées à vis.

211 — Broche forme croissant traversé par une flèche en brillants et perle noire.

212 — Broche forme bourdon en brillants, émeraudes et rubis.

213 — Bague forme trèfle composé d'un rubis et deux brillants anciens.

214 — Bague dite *Jumelle* formée d'un saphir et d'un brillant.

215 — Bague enrichie d'une turquoise entourée de brillants.

216 — Bague trois corps en brillants ornée de deux perles.

217 — Paire de boutons d'oreilles formées de deux gros brillants solitaires. Poids des brillants : 12 carats et demi.

218 — Peigne en écaille blonde enrichi de brillants, rubis, saphirs et émeraudes.

219 — Bracelet porte-bonheur enrichi de saphirs et de diamants.

220 — Broche forme feuille de fougère en diamants.

221 - Broche ornée d'un saphir recomposé entouré de brillants.

222 — Plat en argent.

223 — Huilier en argent.

224 — Cafetière en argent, Ier Empire.

225 — Objets non catalogués.

RED. :

16

0 1 2 3 4 5 6 7 8 9 10

BIBLIOTHEQUE
NATIONALE
DE FRANCE
****

CHATEAU
DE
SABLE
1996